KB199258

가슴에 내리는 따뜻한 단비

받으소서

_____ 님께

_____ 드림

글벗시선 224 조이인형 다섯 번째 시와 시조집

가슴에 내리는 따뜻한 단비

조이인형 지음

시인의 말

시집을 출간하며

시를 쓴다는 것은 감정을 다스리고, 자신을 다듬어 사랑을 나누는 일입니다. 슬픔과 미움을 녹여 사랑으로 승화시키는 행위, 그 자체가 사랑입니다. 시는 서로 공감하고 감성을 나누는 소통의 매개체이자, 삶을 행복으로 채우는 도구가 되기를 기원합니다

이번에 네 번째, 다섯 번째, 여섯 번째 시집을 동시에 선보이게 되어 기쁩니다. 아울러, 이 책의 출판 비용 일부를 지원해 주시고 끝까지 지도와 격려를 아끼지 않으신 계간 글벗 편집주간 최봉희 회장님과 "매일 일편 쓰기 프로젝트"에 꾸준히 참여하며 얻은 결실입니다. 글벗문학회 프로젝트 운동을 주관해 주신 운영위원님들께 깊이 감사드립니다. 따뜻한 관심을 보내주신 독자 여러분과 지도와 격려를 아끼지 않으신 글벗문학회 회원님들께 깊이 감사드립니다.

이 시집이 독자 여러분의 마음에 작은 울림과 위로가 되길 바랍니다.

2025. 04. 01

조이인형(본명 조인형)

차 례

제2부 바람결에 실린 연정

제3부 솔잎 푸른 사랑의 노래

제4부 천천히 걷는 길

제1부
꿈결 같은 하루

가슴 깊은 애틋한 사랑

가슴 속 깊이
새겨진 슬픔은
아픔이 되어 흐르고

이별의 순간
눈물에 스며
끝없이 이어져
시냇물 되어 흐르네

떠나간 그대여
삶의 굴레 벗어던지고
새털구름이 되었는가

그대를 그리는 마음
홀로 남아 외로움에 젖으니
이 마음을 어찌 하리오

가슴에 내리는 따뜻한 단비

기다리던 단비 오니
메마른 땅 위
만물이 꿈틀거린다

율동 공원 호수
단비 가득 담아 넘실거린다

메마른 일상의 갈증
한 모금 해갈되어

찰랑이는 포만감으로 가득한
행복한 호수

내 마음의 단비 가득 호수이어라

가슴에 봄바람이 분다

불꽃처럼 치솟는
태양열이 온 세상을
삼킬 듯 퍼지고
냉면처럼 시원한 막국수에
불고기까지 푸짐히 얹어주네

몰려드는 인파로
콩나물시루처럼
파리 올림픽 양궁장 같은 풍경
기다려야 비로소 맛볼 수 있는
그 특별한 막국수
국수 한 그릇
내 가슴 속 봄바람이 분다

강물을 붙잡네

메마른 고갯마루
단비가 숲을 찾네
만물이 시끌벅적
반가워 웃고 있고
흐르는
강물 붙잡아
넘실넘실 담는다

욕심을 댐물처럼
가득히 담지 말고
헛된 꿈 꾸지 말고
행복만 가득 담자
짧은 생
기쁜 맘으로
무거운 짐 내리네

고마움을 잊은 채

감쪽같이 사라진 적막을 깨고
태양은 미소를 머금고 다가선다

신선한 공기, 맑은 하늘
목례하는 목련

수줍게 피어나는 진달래꽃
개나리꽃마저

모두 공짜인데
왜 받지 못하는 바보인가

침대 위, 게으름뱅이처럼
꿀꿀이 같은 잠에 빠져든다

귀중한 시간, 귀중한 선물 앞에서
고마움을 모른 채
철부지처럼, 철없이 제멋대로 산다

고향길 떠나는 발자국

고향으로 가는 길 내 뜻이 아닌
하느님의 뜻입니다

하늘나라에서 필요로 하여
그분이 데려가시는 것이지요

하느님이 부르신 길을
누가 막을 수 있으랴

그분의 뜻에 따라
고통 없는 평화로운 곳으로
떠나는 이를

우리는 너무 슬퍼하지 말고
괴로워하지도 말며

하느님의 뜻에 순응하여
고이 보내드려야 합니다

광의(廣義)의 행복

그리움이 있으니
사랑이 있고
슬픔과 괴로움, 미움과 아픔이
존재하니
인생이 있으며
그 안에 행복이 있다

그리움, 슬픔, 괴로움이 없다면
행복과 사랑만이
존재할 수 없으리라
그리워하고, 슬퍼하며, 괴로워해도
그 모두가
광의(廣義)의 행복이다

하지만
광의의 행복을
행복인 줄 모르고
철없는 아이처럼
그대는 슬픔 속에 머물러 있구나

궁평항에 스며든 봄 향기

궁평항에 봄이 찾아와
바닷바람마저 숨을 죽인다
바다는 하늘처럼 하늘은 바다인 듯
둘의 경계가 흐릿하다

갈매기들은 카악 카악
손님이 왔다고 머리 위를 맴돌고
힘찬 날갯짓을 이어간다

저 멀리 낚싯배가 쏜살같이
항구로 들어오지만
고기를 많이 잡았는지
그물 속 사정은 알 수 없다

사람들은 하나둘 모여들어
봄의 기운을 즐기고
엿장수의 슬픈 콧노래가
가슴 깊이 스며들며
잔잔한 메아리로 번져간다

그것이 참 궁금하다

어느 날 갑자기
지위가 높아지고
재산이 산처럼 쌓인다면
과연 행복일까

살림이 풍족하고
날마다 여행하며
노래하고 춤추며
즐기기만 한다면
정말 행복일까

행복은
도대체 어디에서 오는 걸까
그게 궁금하다

급행열차는 비싸잖아

친구야
아픔은 내려놓고
슬픔은 가볍게 흘려보내자

희망도 잠시 내려두고
꿈도 잠깐 쉬어가자
미움과 원망은 멀리
던져버리고

친구야
기쁨만 가슴에 가득 싣고
우리, 급행열차는 타지 말자

비싸잖아

완행열차를 타고
꽃놀이하듯 천천히
천천히 굴러 가면 좋겠어

기적 소리 따라 달린다

무궁화호 영월을 향해
우리의 속삭임을
가득 싣고
신나게 달려간다

달리고 또 달리다 보니
어디선가 들려오는
기적소리

아, 그랬었지

고향에서 열차를 타고
서울로 오르던 그 시절
내 마음 흔들던
그 기적소리가
이제는 메아리 되어
내 가슴을 울리고 지나간다

깊어가는 가을

국화야, 너는
저마다의 꽃을 피워
아, 가을이 왔음을 알리는구나

가을이 오면
너는 혈기 왕성한 청춘처럼
짙고 강렬한 꽃을 피우지만

가을이 오면 내 머리엔
흰 꽃이 쓸쓸히 내려앉는구나

가을이 익어갈수록
너는 더욱 짙어진 향기로
세상을 채우건만

가을이 깊어질수록
내 손에 든 지팡이는
너의 젊음을 질투라도 하듯
우쭐대며 흔들리는구나

까치의 서글픈 눈물

먼 하늘 흰 구름은 먹구름 되어
결국 흘려내는 눈물일까

나무 사이, 풀숲까지 뒤적여도
감춰진 모습은 어디에도 없다

푸드덕 날아올라 헤매는 눈동자
나란히 앉았던
지금은 비어버린 쓸쓸한 나뭇가지

홀로 살며시 앉아
동그란 눈을 단단히 치켜 떠봐도
보이지 않는 까치 한 마리

부슬부슬
내리는 빗물이
친구 잃은 까치의 슬픔을
조용히 어루만져 준다

꼬리곰탕에 담긴 사랑 싣고

여향헌(餘香軒) 목련이
부화장처럼 알을 품고 있다

산수유는 배달부처럼
소식을 전하고
앰프는 노래를 부른다

고요히 흐르는 음악 속에
이슬비는 방끗 웃으며
빠이빠이, 안녕하다고 인사한다

행사장에 숯불은 활활 타오르고
삼겹살은 졸고 있다

소고기는 꽃을 피우고 닭고기는
춤을 춘다
낭송 소리가 가슴을 울리며
꼬리곰탕이 사랑을 싣고 행진한다

꾀꼬리 웃음이 퍼지다

바닷가 수평선을 따라
짭조름한 바다 내음을 더듬는다

모래밭 곁, 숲속의 나무 의자에
조용히 몸을 기대어 앉는다

커피 향을 음미하며
소금빵을 천천히 녹여 본다
넓디넓은 바다는
앞마당처럼 작아 보인다

수평선 위 작은 섬 하나,
마치 내 눈썹처럼 고요히 떠 있다

친구들과 속삭이는
꾀꼬리 웃음소리
손에 손을 잡고
추억을 한 움큼 담아
그림책 속 한 페이지에 고이 놓는다

꼼지락은 삶의 몸부림

꼼지락거리는 게 아니다
꺾이지 않으려
넘어지지 않으려
꼼지락델 뿐이다

이쪽에서 불면 이쪽으로
저쪽에서 불면 저쪽으로
버티며 지키려는 이 자리

굳어지길 기다리며
꼼지락대는 이를
어찌 탓할 수 있으랴

태평양에서 불어오는 거친 바람
뽑혀 나간 뿌리의 처참한 끝

넘어지고, 찢기고
망가져 버린다
피할 수 없는 바람 속에서

용기 내어 꼼지락대는

휘청이는 갈대 같은 자존심
쓰리고 아프게 너덜거리며
그저 버틸 뿐

탓하지 마라 탓하지 마라
꼼지락대는 그 몸부림조차
탓하지 마라

꿈결 같은 하루

촌음 속 비껴가며
멈추지 못하고서
저 높은 고지 향해
꿈 찾아 뛰어간다
땀방울
시냇물처럼
흘러가는 추억들

차창 밖 흘러가는
세월이 꿈결같네
노을 속 출렁이며
어느덧 저물었다
불처럼
타오른 욕망
도망가는 청춘아

나 좀 봐

베란다에 심어놓은
상추가 쌍긋 웃는다

나 좀 봐
나 많이 컸지

아 그래
벌써 많이 컸네

예쁘다
저걸 아까와

예쁜 너를 내가
어떻게 먹지

나의 청춘아 나는 간다

머리에 이고
등에 지고
가슴에 안고
세월아
가려느냐 나는 간다

굴리고, 밀치고, 떼어내어도
붙잡고, 껴안고, 울부짖어도

끝내 가려느냐
나는 간다

구름이 달을 버리고
멀어지듯 나의

청춘아
가려느냐 나는 간다

낭도의 눈부신 아침

여우를 닮은 섬, 낭도
그 아침, 맑은 공기가
펜션 창가로 밀려와
나를 단숨에 사로잡는다

비바람은 우리를 반기며
노래를 부르고
우산을 든 채 춤을 춘다

낭도의 맑은 바닷속
자유롭게 뛰놀던 자연산 물고기들
얼큰한 매운탕이 되어
구수한 향으로
내 마음 깊은 곳까지 스며든다

낭도의 아침 그 싱그러운 풍경은
몸과 마음을
모두 어루만져 준다

내 가슴이 벅차오른다

행복이 넉넉하며
보고픔 만족하고
정들이 가득하며
웃음꽃 피워 가네
오늘도
만남의 시간
너와 나의 즐거움

친구야 보고프다
그리움 가득하네
너와의 추억들이
아련히 떠오르니
이 순간
행복이 찾아
내 가슴이 넘치네

제2부

바람결에 실린 연정

내 마음 파랑새 되어 오르다

두륜산 정상에 올라
상큼한 바다를 내려다본다
새침데기 푸른 바다
윙크하는 물결 속에

내 마음 파랑새 되어
가뿐히 앉아
구슬픈 사랑 노래 부른다

바다는 첫사랑 여인처럼
가까이 다가갈수록
설렘이 길어지고

그 설렘 속에서
나는 어쩔 수 없는 선택을 한다

내 품 안으로 오라

햇살이 따사로운
초가집 울타리에
병아리 삐약삐약
개나리 물 들리네
그 시절
추억에 시절
그리워서 꿈꾸네

강아지 슬금슬금
병아리 옆에 오면
어미 닭 깜짝 놀라
어서 와 내 품으로
병아리
어쩔 줄 몰라
뛰어든다 우르르

너의 미소 때문일 거야

뭘 살까
손안에 꼭 쥔 용돈 한 움큼
엄마 내가 생일 선물 사줄게
엄마 뭘 갖고 싶어
웅
엄마에게 선물 사줄 거야

음 선물
그럼, 사랑을 사줄래
엄마 사랑을 사달라고
사랑은 어디서 팔아요
사랑은 네가 나한테 파는 거란다
정말요

그럼 엄마 뽀뽀
사랑 줄게요
고맙다 우리 아들
내 아들 참 기특하구나
씩씩하게 자라다오

너의 웃음 빛나는 별처럼

하늘엔 별이 있고
땅엔 네가 있구나

별처럼 고운 빛을 품고
땅 위에 사랑을 전하는
너는 나의 천사
가을에 피는 꽃

너의 이름은 코스모스
가을바람 한들한들

춤을 추는 꽃바람 속
솔솔 퍼지는 너의 웃음

그 웃음 속으로
나를 데려가 주렴

너희의 터전을

눈망울을 깜박이며 가벼운 발걸음
토끼처럼 딱딱한 아스팔트 위를

뛰어가는 두꺼비
사람들로 시끌벅적한 곳에서
넌 어디로 가는 걸까

인간의 발에 밟히면 어찌 될지
죽음의 그림자를 마다하고
초저녁 어둠을 뚫고

친구도 없이 혼자 왔구나
혹시 공원에 운동하러 온 거니
아니면, 잃어버린 집을 찾아 헤매는 걸까

얼마나 외로웠을까
인간들은 너희의 터전을
짓밟아버렸구나

널브러진 돈다발

만성리
자연이 빚어낸
검은 모래 해변

출렁출렁
철썩철썩
쉬지 않는 바다의 일꾼들

바다 은행에서 발행된
돈다발 같은 연초록 파래
검은 모래 해변 위에 널브러진다

삼삼오오
사람들이 모여
바다가 발행한 화폐를
조심스레 긁어 모은다

네 향기 짙어질 때

고석정 강가
춤을 추는 소녀처럼
네가 피어나니
들판이 수줍게 물든다

선선한 계절에도
왕성한 혈기로
네가 만개할 때
내 머리 위로 흰 줄기 늘어난다

우수 찬 계절
노랗게 피어나는 네 곁에서
하얗게 위로하는 흰 국화야
네 향기 짙어질 때
늙어진 몸 지탱해 주는
지팡이 부여잡고 지는 해
뒷걸음 따라 걷는다

노을에 물든 상화원

바닷가, 노을에 물든 태양 아래
고요하던 섬이 시끌벅적해지네
밀려드는 인파는 흥겨운 춤을 추고
바다는 반가운 듯 출렁이며
물결로 화답한다

연달아 이어지는 파도는
물레방아처럼 돌고 돌아
찰떡 찧는 방앗소리로 섬을 감싼다
전통 공원 상화원의 둘레길
한옥의 대문을 닮은 출입구를 지나
지붕과 마루로 덮인 오솔길 위를 걷는다

마음 따라 바다 따라
발걸음을 옮기며 커피 한 잔을 손들고
병풍처럼 펼쳐진 죽도를 그린다
그림 같은 풍경 속에 내가 있고
그 풍경이 내 손안에 깃들어 있다

농다리 마음을 잇다

지네를 닮은
농다리 위에서
비틀거리며 어기적어기적
아슬아슬 스쳐 가는
너의 모습
점점 지네를 닮아가네

강물은 아랑곳하지 않고
의연히 흐르며
지네 다리 아래
스쳐 지나가는
나그네일까

여기저기 시끌벅적
구경꾼들의 야단법석이
문득 마음을 아프게 한다

다 비우니 가벼워라

욕심도, 꿈도, 희망도
모두 내려놓고 가자 하네요
늦가을 길가에 홀로 핀
장미꽃을 보세요

외로움이 그리움으로 바뀌고
곧 서리가 내릴까 두려워
서글퍼하네요

그럼에도 불구하고
미소를 잃지 않으며
사랑을 속삭입니다

머나먼 태평양을
건너는 철새처럼
어렵고 고단한 삶일지라도
모두 비워요 비우면
가는 길이 가벼워져요

달려가는 인생의 굽이

구불구불 휘어진 도로
달려가는 인생
험난해도
그 굴곡이 행복의 길

반듯한 고속도로보다
나무가 있고
꽃이 피며
잠시 쉬어갈 수 있는
그런 길이 부드러운 길

그 길을
묵묵히 걷고 또 걸어
끝내 저 산 너머
오르리라

돛단배 타고 떠나간다

옷자락 붙잡고서
세월은 가고 있네
저만치, 애달픔도
등지고 가고 있네
밤꽃의
향기마저도
저 산 넘어 고개로

봄날이 품 안에서
순식간 지나가네
뜨거운 태양빛이
가슴을 후려치네
세월아
돛단배 타고
순풍 불 때 가려마

디딤돌에 새긴 꿈

오솔길 돌 무덤길
꾸불꾸불 이어진 길목에 서면
걸림돌로 남겠지

누군가 집을 짓는다면
주춧돌로 쓰여
보석처럼 빛나리라

개울가에 놓이면
디딤돌이 되어
사람들의 발걸음을 돕겠지

인생의 여행길
내 마음의 개울가에
누군가에게 디딤돌이 되고 싶다

또르르 흘러가는 시간

솔바람이 고요히 노닐고
천 년의 혼 깃든
아름드리 은행나무는
하늘 향해
굳건히 솟아 있다

계곡물은
맑고 고운 그녀를 닮아
수정 같은 물방울이
또르르 흘러간다

오솔길 옆 도랑은
솔바람을 등에 싣고
소곤소곤 속삭인다

무슨 말을 하니
물었더니

우리도 너희들처럼

헤어지기 싫어
울면서 흐르는 거야

그리움과 아쉬움을 녹이며
도랑물은 오늘도 울면서
흐르고 또 흐른다

똑똑한 바닷바람이 속삭인다

낙산사 불세례에
잿더미로 남은
건물들의 숯덩이 마음

맑은 물로 세안하고
새 옷 갈아입는다

처연히 밀려오는
동해의 물살

세상의 무게를 가늠하며
머무는 부처님의 자비

부처님 상할까 염려되어
비켜 가는 똑똑한 바닷바람

두 손 모아 합장하며
고요히 안녕을 빈다

마음을 비우고 난 후

용서는 삶의 평화
행복의 시작이다
욕심을 버리고서
진실로 용서해라
모든 걸
남기지 말고
용서할 때 편안해

용서는 삶의 기쁨
사랑을 꽃피운다
마음을 비우고서
끝까지 용서해라
진실로
용서할 때에
내 가슴이 행복해

멈춰 있는 시계

양평에 친구 별장
뒤뜰에 토끼, 닭이 어울려 산다
그리운 학창 시절처럼
친구들이 모여들어 추억에 취하고
그리움을 곱씹으며
매운탕과 함께
소주 한 잔 꿀물처럼 삼킨다

눈 내리는 어느 겨울날
달달 떨던 손으로 배구 코트를 들고
선생님, 친구들과 산을 올라

토끼몰이의 추억이
별빛처럼 반짝이며 떠오른다
아, 저 귀여운 토끼를
미안하다 정말 미안하다
왜 이렇게 미안한지
나도 모르게 숙연해진다

모기들의 잔치

햇볕 싫어 숲속 공원 길
모기란 놈들이
새참 왔다며 윙윙거리네
그래 먹고 싶으면 실컷 먹어라

배부르면 멈추겠지!
네 배가 얼마나 크다고
조그마한 게 얼마나 많이 먹겠니
인간들처럼 냉장고가 있니
창고가 있니

네가 먹어도 괜찮아
나는 시원한 그늘 밑에서
운동이나 하련다

미소 짓는 아파트의 얼굴

우당탕, 아파트가 꿈틀거린다
둥당둥당
발소리도 함께 꿈틀거린다

귀여운 꼬마의 얼굴엔
꿈틀거리는 미소가 피어나고

꼼지락거리는 새싹 같은
아이의 웃음소리가

별빛처럼 위층에서 쏟아진다

귀염둥이 꼬마들아
마음껏 웃고 떠들어라

뛰어다니는 너희의 발 소리가
천사의 노래처럼
온 아파트를 물들인다

바람결에 실린 연정

바람결 살그머니
봄소식 가져왔다
할미꽃 기다린 듯
살짝이 허리 펴고
살포시
눈부신 햇살
바라보며 웃는다

달빛이 계절 찾아
봄소식 전해 주네
복수초 소식 듣고
노랗게 물들인다
추위는
떠나지 못해
멈칫멈칫 머문다

바위의 아픔에 기대어

굽이굽이 험한 세상
길 따라
폼 내며 강을 거슬러
희망을 찾아 바다로 간다

고무줄처럼 늘어진
몸을 이끌고
세월처럼 흘러가는 물줄기

가지 말라며 붙잡는 바위
"이놈, 맞아 봐라"
냅다 후려친다

그럼에도 바위는
바보처럼
맞으면서도 또 천년을
묵묵히 기다리고 있다

제3부

솔잎 푸른 사랑의 노래

반려견과 나누는 행복

부럽다
멋지게 치장하고 유모차에 올라
해맑게 외출하는 너
걱정 하나 없을 너의 얼굴엔
즐거움만 가득하겠구나

꼬리를 흔드는 일 애교를 부리는 일
빙그레 웃어주는 일
그게 너의 하루구나

그저 열심히 너답게 살면
이쁘다며 밥도 주고
사랑을 듬뿍 주는 주인이 있잖아

주인은 너의 목욕 관리사
너의 간병인 너의 세상 전부
호사를 누리는 넌
참 좋겠다

밤하늘 가르는 별똥별

길고 긴 아픔 속에
슬픔이 기다렸네
쓰디쓴 익모초가
입안에 가득하고
사막에
신기루처럼
헛된 망상이었어

기다림에 지쳐가는
넋 빠진 이내 가슴
밤하늘 별똥별이
날 보고 잊으라네
꿈인들
잊을 수 없는
그리움이 애달파

봄이 스미는 내 마음

바람도 떠나기 싫어
머물고
산새들은 나뭇가지에
쭈그리고 앉아
노래하는 봄

방긋 웃어주는 진달래
새싹들이 움트고
연분홍 치마 곱게 입은
봄이 찾아와요

어린 강아지처럼
살며시 기지에 켜는 봄
그래서 내 마음도
봄이래요

봄이 오고 있는 걸까

눈보라 속
멈춰 선 앙상한 나뭇가지처럼

바위틈에 외로이
햇살이 스며들어 속삭인다

봄이 오려나
아니
꼭 찾아오겠지
따스한 봄은 어김없이

그날이 오면
비둘기처럼 날개를 달고

산봉우리 높은 바위 끝에 앉아
하늘을 마주하고 싶다

분수대의 담긴 소망

햇볕 아래 그을리며
때로는 얼음장 밑에서도

희망을 작곡하는 분수대
줄지어 앉아

눈 깜박이며 창공을
바라보는 너

하늘 향해 오르고 싶어
끊임없이 지칠 줄 모르고

그날을 기다리고 있다

사랑과 미움 사이

사랑이 번지 때 꽃이 피고
꽃이 피어나 때 미움이 다가온다

꽃이 번지 때 사랑의 시작이고
미움의 시작이다

미움이 시작되면 꽃은 꺾이고
고통의 번뇌가 스며든다

사랑과 미움은
늘 친구처럼 나란히 걷는다

산수에 스며든 경원

청솔모가 쪼르르
고라니가 껑충껑충
금방이라도 튀어나올 듯하다

아련한 그리움으로 세안을 마친
이른 아침처럼 맑고 산뜻하다

수려한 산수첨경원
어릴 적 땔감을 찾아
오르던 동산처럼
푸근하고 정겹다

한 땀 한 땀 수틀에 정성을 놓아
고운 빛으로 채운 풍경

이순신 공원
황홀하게 내려다보는 구름이 된다

삶을 채색을 하는 날

꽃이 핀다
그저 피는 것이 아니다
누군가를
사랑하기 시작했기 때문이다

곱게 채색하고
애타게 단장하는 몸짓이다

어떤 것은 하얗게
어떤 것은 노랗게
또 어떤 꽃은 빨갛게 물들며

누군가를 기다리는 마음으로
살며시 피어난다

나도
빨간 꽃이 되고 싶다

삶에 드리운 그림자

슬픔이 깊어질 때
번뇌가 밀려오네
고통을 감당해야
허전함 사라지고
기쁨이
장미꽃처럼
꿈속에서 솟아요

번뇌가 깊어질 때
슬픔이 밀려 오네
허전함 강당해야
고통이 사라지고
추억의
삶의 그림자
안개처럼 오네요

삶의 아픔을 묻다

재산이 많고 적고
자식이 있고 없고
명예가 있고 없고
그게 그렇게 중요한가

우여곡절 끝에 모두에게
공평한 것이 인생 아니던가

슬픔 한 칸, 기쁨 한 칸
영원을 향해 되돌아가는 계단 위에서
고향으로 돌아가는 여정 속에
삶은 언제나 아픔을 묻다

고단함도 괴로움도 길동무로 삼아
그 여정을 묵묵히 걸어가는 것

그것이야말로 인생이다

세월에게 묻는 이야기

그대는 어찌하여
그토록 가자고 재촉하나요
당신조차 떠나기 아쉬운 이곳을
왜 우리를 데리고 가려 하나요

정 떠나고 싶다면 혼자 가세요
나는 따라가지 않을 겁니다

내가 머무는 이곳이 더 좋아요
여기, 내가 숨 쉬며 살아가는 자리
나의 쉼터가 있거든요

이곳에는
내가 가꾸어온 시간이 있고
내가 지켜낸 하루가 있어
꽃처럼 피어 있답니다
여기가 내 꽃방석이니
제발 나를 재촉하지 말아요

세월이 누구냐고 묻다

세월은 흘러갑니다
그 뒤를 따라 나도 흘러갑니다
동백꽃도 따라가고

우리 집 강아지도 따라갑니다
막을 길이 없습니다

세월은 누구인가요
얼굴조차 보이지 않는 존재인데

왜 세월은 오지도 않았으면서
가는 일만 서두르는 걸까요

왜 자꾸 손을 내밀어
같이 가자고 조르는 걸까요

결국 나는 어쩔 수 없이
그 손을 잡고 걷고 있습니다

솔잎 푸른 사랑의 노래

솔방울은 데굴데굴
풀밭 떠돌다
흩어진 채 지나온 세월에
목이 멘다

한때는 품속에서
푸른 솔잎의
사랑을 받으며
행복을 꿈꾸던 날들이 있었지

파란 하늘 아래 아지랑이처럼
피어오르던 시절
청춘의 노래로 물들었던
장미꽃 같은 날들이 있었건만

이제는 세월도
널 붙잡아 주지 않아
할미꽃처럼 늙어버렸구나

슬픔이 깃든 관음송

청령포에 울려 퍼지는
뱃고동 소리
단종의 유배지를
향해 애끓는 울음을 토해낸다

기품 있는 아름드리
소나무는
상주처럼 조문객을
맞이하며
깊이 고개를 숙인 채
유배지를 바라보고 있다

강가에 피어난
금장화
나비처럼 떼 지어 앉아
둑을 붙들고
말 없는 슬픔에 젖어 있다

쓴소리의 가치

듣기 좋은 말은
기분을 좋게 하지만
자칫 자만에 빠질 위험이 있다

반면, 부족한 점을
쓴소리로 채워주면
처음엔 거북하게 들릴지라도

차츰 깨닫게 되고
그 과정에서 성장할 수 있다

쓴소리를 듣고
순간 감정에 휘둘려

잘못된 반응을 보인다면
분명 후회하게 될 것이다

쓴소리를 받아들이는 태도야말로
성장의 밑거름이 된다

아름다운 세상이 나를 기다리고 있네

끝없이 펼쳐진 모래밭
작은 사막처럼 우뚝 서 있는
영주 무섬마을 외나무다리
우리 선조들이 걸었던
고단했던 외로운 길
아낙네도 아이들도
지게 진 농부도
한 발 한 발 조심스레 걷던
길 더듬어 본다

다리 아래 맑은 물이 흐르고
혹시 발을 헛디딜까
두려운 마음
몸을 움츠리며 떨리는 가슴
내 마음은 어느새 개구리 되었네

밟을수록 바삭한 모래알은 깨소금처럼
고소하고 투명한 유리알같이
반짝이는 맑은 낙동강 물줄기 따라

머나먼 그곳 어디론가 졸랑거리며
내 마음을 가져갔네

우리의 삶 강물처럼 너울거리며
여기저기 쏜살같이 흘러가듯
가고 싶어
때론 강하고
태론 부드러운 빛이
윤슬처럼 퍼지며 흘러가듯
이렇게 아름다운 세상
또 어디선가 나를
또 어디선가 나를 기다리고 있을 거야

예고 없이 찾아온 이별

떠나가신 그대
한 줌 재 되어 대지에
안기셨습니다
한 줌 흙 되어 풀밭에
앉으셨습니다

따뜻한 정, 가득한 사랑
가슴 깊이 새기고
훌쩍 떠나버린 그대여

40여 년을 하루같이
사랑하는 이를 위해
희생으로 채운 세월
참으로 위대하십니다
그 사랑, 영원히 기억하겠습니다

외로운 장미의 하소연

늦게 피어난 너
작은 몸으로 작렬하는 볕을 견디며
홀로 서 있는 너의 모습
절정의 오월 사랑을 불태우던 기억은
아득히 저편으로 사라지고

한 송이 장미의 외로운 눈물은
무더운 여름 속에서
조용히 흘러내린다

불타던 사랑은 지나갔으나
달콤한 여운이 남아
사랑 주는 이 없어도
슬퍼하거나 외로워하지 마라

사랑받고 잘 자란 꽃은
낙엽이 되어 소식을 모르고
못난 네가 허물어져 내린
초가집 같은 꽃동산을 지켜주는구나

우주 꿈꾸는 시간

고흥의 나로호도
봉래산 자락에서
하늘을 뚫고
달나라 지나 별나라까지 건재하다

거침없이 오가는 시간의 소리
얼마 남지 않은 자국 남기고
귓바퀴 간질이는 신비의 소리

불철주야
연구하는 지속성으로
우주를 꿈꾼다
나로 우주센터

울타리 속 세상의 이야기

너는 여기가 좋으냐,
토끼야, 무엇이 그리 즐거우냐

작은 울타리 속 세상이
온 세상인 듯

가벼운 발걸음으로
춤을 추는구나

혹시
이곳이 감옥이라는 걸
모르는 건 아닐까

이순신 공원의 바람

위인 만날 설렘에
마음 채찍질하며
이순신 동상 어디에 숨어있을까
어째서 보이지 않을까

바다를 등지고 우뚝 선
웅장한 기념탑
그 속엔 나라를 지켜낸
충혼의 얼이 서려 있다

한 걸음 한 걸음
산수첨경원에 오르며
금강산의
기품을 떠올리네
위급을 알리던 봉수대는
지금도 불꽃을 머금은 듯
뜨거운 기운을 품고 있다

적이 앞바다에 온다

추억의 돛을 올려라
망망대해 배를 띄워라
불을 지펴라
서둘러라
모락모락 피어오르는 연기
그날의 긴박함이 되살아난다

제4부

천천히 걷는 길

재인폭포 둘레길을 걷다

한탄강 유네스코
세계지질공원
재인폭포 둘레길
개망초가 군락 이루고

이름 모른 꽃들이 문지기처럼
다소곳이 폭포 지킨다

여름날 흰 눈 개망초
머리 위에 내린다

볼품없는 꽃이라고 무시하지 마라
흔들거리며
군락 이루니

밤하늘 수많은 별처럼
한탄강 둘레길 빛난다

저리 비켜라 나의 길

율동 공원 오솔길
안개 자욱한 새벽길에
누가 오리 아니라고
할까 봐
뒤뚱뒤뚱

사람들 있거나 말거나
구성진 발걸음으로 행진한다
꽤 엑 꽥
저리 비켜라!

이 땅의 주인은 우리다
너희 인간들보다
수만 년 먼저
이곳을 지배했던
우리 선조의 땅이다

정 주고 떠난 사람

고통에서 벗어나
떠나가 버린 임이여
가슴에 묻고
뒤돌아서는 순간
하늘마저 깊은 슬픔에 잠기었네

대지를 적시는 눈물
바람결 따라 흩어지니

가신 임이여
그 깊은 정에 눌려
어찌 눈을 감으셨나

서럽고도
애달파라
하늘이 울고
남겨진 정들이
오늘도 소리 내어 우노라

진짜 멋을 모르는 세상

철없는 양귀비는
진짜 멋이 무엇인지 모르고
혼자 예쁜 척, 멋진 척
스스로 최고라며 속삭인다

향기 하나 없이
금세 사라지는
하루살이꽃 같은
양귀비보다

비록 눈에
띄지 않아도
호박꽃처럼 속이 알차고
열매를 품으며
살고 싶다

진할수록 더 아픈 사랑

보이지 않는 세월이
이마에 스며든 함박꽃처럼
소리 없이 여울져 스러지고

가슴 한편에
그리움만 남긴 채
불꽃처럼 타오르며
내 마음을 흔들어 놓는다

흘러가는 인생 속에
사랑을 던져놓고

행복이 차오를수록
사랑이 깊어질수록
아쉬운 추억들이
가슴을 무겁게 들썩이게 한다

천천히 가는 길

달린다
힘차게 인생길을 달린다
내가 가는 길이 맞겠지
좋은 길일 거야

빨리 갈 수 있을 거야
기쁨도, 사랑도, 행복도
모두 뒤로한 채 꽃길을 지나친다

목적지를 향해 정의롭게
고속도로를
자동차처럼 달려간다
앞만 보고 달린다

그러나 도착해 보니
그 길은 쉽지 않은
힘겹고 어려운 길
결국은 느린 보행자들의 길이었다

청소년 방황의 길목에서

청춘이란
살점이 찢기고 벗겨지고
두들겨 맞는 아픔일지라도

용광로를 지나오면
명검처럼 빛나는
별빛이 되어
온 세상을 환히 물들이리라

높은 뜻이 왜곡되어
원망이 방황을 낳고
몸부림쳐

저 높은 고지를 눈앞에 두고
아래로 추락하는 고통은
뼛속 깊이 스며드는구나

추위야 가지 마라

떨어지기 싫은가 보다
차가운 바람도 떠나기 싫어
휘파람을 불며 머물고 있다
더위가 여름을 데리고 오면

더위야, 물렀거라
외치며 화살처럼 도망칠 거야
그러면 쓸쓸한 가을이
슬며시 찾아오겠지

가을이 떠나가면
다시 추위는 찾아오겠지
가기 싫다면 추위야 가지 마라
무상하게 오고 가며
흔적만 남기지 말고
삼팔선처럼 멈춰 있어 다오

세월조차 너를 따라
흘러가지 못하도록

콩나물 인간의 하루

서울의 콩나물 시루
헐레벌떡 올라탄 콩나물 버스

거미줄처럼 얽힌 기적의 철로
지하를 가르는 콩나물 전철

눈 감고 서도 눈 뜨고 서도
넘어지지 않는 손바닥만 한 공간조차
허락되지 않는 곳

그곳에서 콩나물 인생살이가
조용히 싹을 틔운다

콩나물을 싣고 달리는
철마는
오늘도 쉼 없이 달려간다

파란만장한 사주팔자

빨리 왔다고 빨리 가야 하는 건 아니다
늦게 왔다고 늦게 가야 하는
것도 아니다

모두가 운명 아니던가

나 보기 역겨워
떠나는 것은 아닐 테지

어렵고 힘들어 더 나은 세상 찾아
나를 두고 떠났구나

그래도 나는 너
따라가지 않으리라

죽어서 천국보다
이생이 더 좋더라

파리의 작은 항변

조그마한 몸으로
얼마나 먹겠다고

쫓지 말고
그냥 두세요

입장을 바꿔
한 번 파리가 되어 보세요

건드리지 마세요
저도 배가 고파요

포암사 지킴이의 손

포암산 높은 기상
하늘빛을 품어 안고
병풍처럼 둘러앉아

치마폭으로 어린아이를 감싸듯
포암사 마애삼존불을 지킴이

계절 따라 옷을 갈아입고
소원 성취를 빌며
백팔 개의 탑
손가락 끝 합장하듯

포암사 앞뜰
묵묵히 입 다물고 기립하는 장독대

의장대를 사열하듯
늠름한 그 모습은
태양의 기운을 받아들여
무한한 사랑을 품고

광합성을 하듯 자비를 나누네
그 은은한 달빛처럼

여래의 자비가
세상을 온전히 덮는다

푸른 청춘에 기대어

청춘의 무지개 꿈
이제는 사라지고
한세상 돌아보니
물거품인 듯하다
지나간
그리운 흔적
지워놓고 가고파

여물던 벼 이삭이
황혼에 고개 숙여
저 하늘 반짝이는
별들만 헤아리네
이제는
부질없었던
청춘의 꿈 던진다

품어 간직하는 마음

라일락 꽃밭에서
가득히 웃고 있네
참으로 기가 막혀
살며시 품어 두네
내 사랑
날 찾아오면
향기 새겨 주고파

그 향기 너무 좋아
주머니 담아 놓고
햇살에 반짝이며
살짝이 웃고 있네
향기를
주머니 속에
곱게 품어 간직해

하모니카 부는 날의 노래

토실토실
복슬강아지를 닮은 네 모습
촘촘히 박힌 알갱이들이
별처럼 반짝인다

입에 물면
하모니카처럼 울리는
노란 옥수수의 선율
멋들어진 그 연주에 따라
오선지를 그리는
누룽지 같은 구수한 향기

그 의연한 향기처럼
나만의 향기로
내 삶을 노래하며 살고 싶다

한탄강아 영원히 흐르길

한탄강 푸른 물이
불탄소 얼싸안고
사랑의 향이 퍼져
꽃처럼 아름답네
거룩한
자연의 물결
우리 모두 지키자

거대한 자연의 힘
한탄강 피어났다
빼어난 강줄기는
내 가슴 벅차오네
흐르는
생명수 아껴
후손에게 전하세

해거름 공원길에

더위는 도망가고
꽃비가 내리는데
꽃님이 날 보고서
살짝이 미소짓네
태양은
구름 낀 하늘
피곤해서 잠든다

해거름 공원길에
사랑비 내려오네
시원한 시냇가에
백합꽃 맑은 미소
철없는
달맞이꽃은
달을 보고 싶단다

행복 찾아서 떠나다

행복을 모르고는
그리움 찾지 말고
사랑을 찾은 자는
언제나 즐거워라
행복의
따뜻한 숨결
사랑이란 받침목

사랑을 모르고는
행복도 모른다네
사랑은 행복 중에
최고의 금빛이라
언제나
행복 찾아서
친구처럼 살자네

행복이 흐르는 눈물

바쁘게 내 갈 길을
혼자서 잘도 간다
즐거움 모르고서
외로움 찾지 마라
시 쓰는
즐거움이란
깨 볶듯이 고소해

고독을 찾지 마라
행복이 슬퍼한다
생각이 바빠지면
고독은 도망간다
외로움
붙잡지 말고
시를 찾은 즐거움

화들짝 깨달은 순간

일어나야지
엄마가 깨울 시간인데
눈이 딱 붙어 버렸어?
어쩌나, 학교에
늦으면 안 되는데

화들짝 일어나 외쳤지.
엄마, 왜 밥 안 줘
지금 몇 시인데 밥 타령이니?
학교에 늦겠어

호호
지금 오후 5시야
뭐? 5시
친구랑 만나기로 했는데
큰일 났다

휘파람 소리 넘치는 하루

바람은 휘파람을 불고
바다는 춤을 춘다

경쾌한 장단에 몸을 맡긴
짙푸른 바다
너울너울 춤사위를 펼친다

하늘 품에서 해가 솟아오르자
서둘러 길을 내주는
뭉게구름의 행렬

등대 곁을 지키던 갈매기들
바람결에 흥이 올라
덩달아 춤을 춘다

사랑과 행복에 관한 따스한 인간학
– 조이인형 시집 『가슴에 내리는 따뜻한 단비』

최 봉 희(시조시인, 평론가, 글벗 편집주간)

'사랑은 시인을 만든다.'

정일근 시인의 "시인을 만드는 9개의 비방록"이란 글에서 언급한 말이다. 나는 이 말에 전적으로 동의한다. 더불어 조이인형 시인의 말을 빌려서 '시를 쓰는 것은 사랑'이라고 적극적으로 강변하고 싶다.

조이인형 시인이 시집의 서두 「시인의 말」에서 언급한 내용을 다시 음미해 본다.

시를 쓰는 것'은 사랑이다. 서로 부딪히고 교류하며 감성을 나누어 갖는 사랑이다. 시를 쓴다는 것은 위로의 손길이며 따스한 포옹이다. 행복한 삶을 영위하는 그 모두가 사랑이다. 사랑없이 시를 쓰기는 어렵다.
– 「시인의 말」 중에서

이를 구체적으로 언급하자면 '인간에 대한 깊은 관심과

애정을 지녔을 때 누구나 시인이 될 수 있다'는 말이다. 다시 말해 '시 쓰기는 사랑의 발견'이라고 종종 이야기한다.

나는 종종 문학 강연이나 시 쓰기 강의를 할 때마다 연례행사처럼 행하는 행동이 있다. 함께 참가한 수강생이나 독자들에게 자신의 왼쪽 손을 펴게 한 후에 왼쪽 손바닥에 새겨진 글자를 읽어보라고 한다. 열이면 그중에 여덟은 그 글자를 찾아내서 읽는다. 그 글자는 바로 '시' 글자다.

문학은 인간학의 발견이다. 더불어 문학은 인간의 본성과 본능을 잘 드러낼 수 있는 예술 장르다. 그런 면에서 문학은 인간의 사랑에 대한 경험의 발견이 그 내용의 전부가 아니겠는가.

먼저 조이인형 시인의 시와 시조집 『가슴에 내리는 따뜻한 단비』의 표제 시를 함께 감상하고자 한다.

기다리던 단비 오니
메마른 땅 위
만물이 꿈틀거린다

율동 공원 호수
단비 가득 담아 넘실거린다

메마른 일상의 갈증
한 모금 해갈되어

찰랑이는 포만감으로 가득한
행복한 호수

내 마음의 단비 가득 호수이어라
– 시조 「가슴에 내리는 따뜻한 단비」 전문

성남의 율동공원 호수에서 느끼는 행복의 마음을 적은 시
조다. 메마른 땅에 갈증을 해소하기 위해 기다리는 단비가
내리고 마침내 자신의 갈증을 해소하는 행복을 노래했다.
조이인형 시인은 인간은 사회적 동물이다. 먹는 문제, 즉
경제적인 것과 사랑의 문제 등 삶의 실존적인 근거가 된
다. 누구나 인간은 부모 밑에서 성장하다가 성년이 되어
독립하여 가정을 이루고 자녀를 낳고 나이를 먹게 되면 그
것은 사람마다 역사가 되고 소설이 되고 시가 되는 것이
다.
따라서 조이인형 시인의 시와 시조집 『가슴에 내리는 따
뜻한 단비』는 한마디로 '사랑과 행복에 관한 따스한 인간
학'이라고 말할 수 있다. 왜냐하면 그의 시집에 75여 년간
살아온 사랑과 행복에 대한 깊은 통찰과 철학이 담겨 있기
때문이다.

떠나가신 그대
한 줌 재 되어 대지에
안기셨습니다

한 줌 흙 되어 풀밭에
앉으셨습니다

따뜻한 정, 가득한 사랑
가슴 깊이 새기고
홀쩍 떠나버린 그대여

40여 년을 하루같이
사랑하는 이를 위해
희생으로 채운 세월
참으로 위대하십니다
그 사랑, 영원히 기억하겠습니다
- 시 「예고 없이 찾아온 이별」 전문

　이별은 슬프다. 하지만 시의 화자는 시간이 흐를수록 그
리움으로 제자리에서 늘 번뇌의 삶을 살고 있다. 그 속에
서 사랑과 자비의 의미를 되찾고 있다. 바로 이런 인생에
대한 깊은 성찰과 깨달음이다. 이를 바탕이 되어 감동적인
시를 창조할 수 있게 된다. 물론 같은 깨달음을 표현하여
도 그 방법에 따라 감동의 깊이가 다를 수 있다.

꼼지락거리는 게 아니다
꺾이지 않으려
넘어지지 않으려
꼼지락댈 뿐이다

이쪽에서 불면 이쪽으로
저쪽에서 불면 저쪽으로
버티며 지키려는 이 자리

굳어지길 기다리며
꼼지락대는 이를
어찌 탓할 수 있으랴

태평양에서 불어오는 거친 바람
뽑혀 나간 뿌리의 처참한 끝

넘어지고, 찢기고
망가져 버린다
피할 수 없는 바람 속에서
용기 내어 꼼지락대는

휘청이는 갈대 같은 자존심
쓰리고 아프게 너덜거리며
그저 버틸 뿐

탓하지 마라 탓하지 마라
꼼지락대는 그 몸부림조차
탓하지 마라
– 시 「꼼지락은 삶의 몸부림」 전문

　모든 것이 무너진 상황에서 자존심은 그리움으로 번진다.
그리움은 또다시 목숨 같은 눈물을 내어놓는 상황이다. 슬픔이 그리움으로, 아픔이 눈물이 되어 시냇물처럼 흐른다.
이것이 진정한 사랑이다.

> 가슴 속 깊이
> 새겨진 슬픔은
> 아픔이 되어 흐르고
>
> 이별의 순간
> 눈물에 스며
> 끝없이 이어져
> 시냇물 되어 흐르네
>
> 떠나간 그대여
> 삶의 굴레 벗어던지고
> 새털 구름이 되었는가
>
> 그대를 그리는 마음
> 홀로 남아 외로움에 젖으니
> 이 마음을 어찌하리오
> − 시 「가슴 깊은 애틋한 사랑」 전문

사랑은 새로운 창조를 유발한다. 창조적인 생각, 사랑의
언어와 표현이 세상을 새롭게 창조하는 것이다. 언어가 창
조적으로 작용하기 위해서는 비교적 새롭고 기발해야 한
다. 더불어 적절하고 유용해야 한다.
조이인형의 시와 시조는 일상적인 창조성뿐만 아니라 내

면의 성숙과 성찰, 그리고 치유의 기쁨을 동반하고 있다. 그의 작품을 읽으면 그가 빚어내는 삶의 깨달음, 감동의 기쁨을 얻게 되는 것이다.

문학 강좌나 글 나눔의 시간이 있을 때마다 필자는 '왜 우리는 시를 쓸까요?'라고 묻는다. 역설적 가치를 강조하고자 한다. 역설적으로 '시'라는 것은 무용한 것, 무목적인 가치에 대한 깨달음을 주곤 한다. 때문에 우리가 시를 공부하는 의미가 있다. 세상의 가치, 세속의 논리를 기준으로 할 때, 시는 그야말로 쓸모가 없다. 적절한 가격을 매기기에 합당한 상품도 아니다. 물질만능주의 시대에 시는 물질적 가치로 환원되지 않는 무용함과 무목적적인 존재다. 이 때문에 누리고 즐기는 대상으로 그 영역이 점차 줄어들고 있다. 역설적이지만 세속의 논리에서 벗어나 시가 자유롭고 독립적으로 존재할 수 있는 이유이기도 하다.

우리는 시를 공부하면서 이처럼 전혀 쓸데없는 것이 지니는 가치, 곧 시가 주는 즐거움과 위안 그리고 자유로움의 가치를 준다.

시는 시인에게 독자에게 부와 높은 지위를 주지 않는다. 다만 시는 그것을 창작하는 이와 읽는 이 모두를 내면의 성숙과 성찰, 정신적 고결함과 강인함의 상태로 천천히 이끌어 줄 뿐이다. 이제 시와 시론을 공부하면서 시 읽기의 즐거운 모험, '쓸데' 없는 시 공부가 허락하는 자유로움의 경지에 도전하는 것이다.

토실토실
복슬강아지를 닮은 네 모습
촘촘히 박힌 알갱이들이
별처럼 반짝인다

입에 물면
하모니카처럼 울리는
노란 옥수수의 선율
멋들어진 그 연주에 따라
오선지를 그리는
누룽지 같은 구수한 향기

그 의연한 향기처럼
나만의 향기로
내 삶을 노래하며 살고 싶다
- 시 「하모니카 부는 날의 노래」 전문

자신의 모습을 옥수수 향기에 견주어서 표현하고 있다.
하모니카를 부는 옥수수처럼 구수한 향기를 담은 시를 쓰
고 싶은 열망을 담은 작품이다. 이 얼마나 참신한 표현인
가? 시인의 심정을 절절하게 가슴으로 느낄 수 있다. 자신
의 정서를 독자도 공감할 수 있도록 적절한 옥수수를 찾아
의인법으로 견주고 있다. 구체적인 대상을 끌어들여 공감
의 폭을 넓히고 있는 것은 물론, 느낄 수 있는 사물에, 보
이는 감각적인 대상에 견주어 자신의 심정을 구체적으로

표현하고 있다.

 용서는 삶의 평화
 용서는 삶의 평화
 행복의 시작이다
 욕심을 버리고서
 진실로 용서해라
 모든 걸
 남기지 말고
 용서할 때 편안해

 용서는 삶의 기쁨
 사랑을 꽃피운다
 마음을 비우고서
 끝까지 용서해라
 진실로
 용서할 때에
 내 가슴이 행복해
 – 시조 「마음을 비우고 난 후」 전문

 이 시조는 용서와 화해에 대한 의미와 심정을 평화와 기
쁨으로 비유하여 마침내 사랑과 행복으로 표현하고 있다.
연천의 종자와 시인박물관 곳곳마다 사랑 충전 구역, 용서
의무 구역, 증오 금지구역, 낙담 금지구역, 좌절 금지구역
등으로 구분되어 있다. 아마도 시인이 이곳을 방문하여 그
소감을 적은 시조인 듯하다. 우리는 이 시조에서 탄력성을

느낄 수 있다. 그 탄력성은 어떤 연유로 생기는 것일까?
그것은 바로 반복과 열거를 통한 리듬감으로 생긴 것이다.
이런 운율적인 요소로 말미암아 우리는 이 시조를 읽으면
서 맥박이 뛰며 심장이 고동침을 느낄 수 있는 것이다. '진
실로 용서할 때 삶의 기쁨과 평화가 오고 마침내 행복을
경험할 수 있다는 표현이다.

행복을 모르고는
그리움 찾지 말고
사랑을 찾은 자는
언제나 즐거워라
행복의
따뜻한 숨결
사랑이란 받침목

사랑을 모르고는
행복도 모른다네
사랑은 행복 중에
최고의 금빛이라
언제나
행복 찾아서
친구처럼 살자네
- 시조 「행복 찾아 떠나다」 전문

조이인형 시인의 문학적 표현은 먼 데 있는 것이 아니다.
우리의 자연과 실생활 속에서 경험을 바탕으로 진솔한 표

현으로 자신을 창조하려고 한다. 일상생활 속의 가치 있는
체험과 성찰을 생동감 넘치게 표현하고 있다는 사실에 주
목하게 된다.

바쁘게 내 갈 길을
혼자서 잘도 간다
즐거움 모르고서
외로움 찾지 마라
시 쓰는
즐거움이란
깨 볶듯이 고소해

고독을 찾지 마라
행복이 슬퍼한다
생각이 바빠지면
고독은 도망간다
외로움
붙 잡지 말고
시를 찾은 즐거움
– 시조 「행복이 흐르는 눈물」 전문

언어의 나무에는 열매가 열린다. 그 열매가 좋은 열매이
든, 언짢은 열매이든, 반드시 열매가 열리게 마련이다. 조
이인형의 언어 열매는 즐거움이고 희망이며 긍정적이다.
언제나 사랑에 대한 기다림이 있고 인고의 삶이 묻어 있다.

빨리 왔다고 빨리 가야 하는 건 아니다
늦게 왔다고 늦게 가야 하는
것도 아니다

모두가 운명 아니던가

나 보기 역겨워
떠나는 것은 아닐 테지

어렵고 힘들어 더 나은 세상 찾아
나를 두고 떠났구나

그래도 나는 너
따라가지 않으리라

죽어서 천국보다
이생이 더 좋더라
- 시조 「파란만장 사주팔자」 전문

　자신을 격려하면서 인내로써 자신을 다스려야 오히려 다
시 일어설 수 있는 힘을 얻는 것이다. 결국 사랑을 기다리
며 인고의 세월을 보낸 후에 마침내 사랑을 얻게 되는 것
이다. 마치 '사랑한다'는 말 한마디에 상대방에게 놀랍고도
황홀한 기쁨과 희망을 주듯이 자신에게도 그렇게 주문하면
서 자신의 삶이 변하고 생활이 변하게 된 것이다. 더 나아
가 조이인형 시인의 운명도 변한 것이 아닐까 생각한다.

이처럼 시인의 시어에는 그 무엇인가를 이루어 내는 창조적인 힘이 있다.

꽃이 핀다
그저 피는 것이 아니다
누군가를 사랑하기 시작했기 때문이다

곱게 채색하고
애타게 단장하는 몸짓이다

어떤 것은 하얗게
어떤 것은 노랗게
또 어떤 꽃은 빨갛게 물들며

누군가를 기다리는 마음으로
살며시 피어난다

나도
빨간 꽃이 되고 싶다
- 시 「삶을 채색하는 날」 전문

그의 삶과 사랑에 대한 깨달음은 그의 문학 속에서 발현되고 있다. 깊은 사색과 통찰의 힘에서 비롯된 진실이다. 이 간결한 진실의 언어가 때로는 크게 힘을 발휘하게 되는 것이다. 이처럼 세상의 진리는 의외로 단순한 것인지도 모른다. 그 힘은 참신한 언어에서 발현된 것이다. 이미 그 의

미와 표현에 익숙해졌을 때, 그 말은 진부해질 수 있다. 진부한 소재와 표현은 독자에게 다가오는 자극과 긴장감이 덜하다. 이미 예상되는 전개는 마치 '김빠진 콜라'처럼 그 맛을 제대로 드러낼 수 없기 때문이다. 그런 의미에서 조이인형 시인의 시는 진실하고 솔직하다. 그 때문에 참신하다.

구불구불 휘어진 도로
달려가는 인생
험난해도
그 굴곡이 행복의 길

반듯한 고속도로보다
나무가 있고
꽃이 피며
잠시 쉬어갈 수 있는
그런 길이 부드러운 길

그 길을
묵묵히 걷고 또 걸어
끝내 저 산 너머
오르리라
– 시 「달려가는 인생의 굽이」 전문

시인은 자신의 인생길은 나무가 있고 꽃이 가다가 쉬어갈 수 있는 길을 소망한다. 일반적으로 보편적인 의미나 진실을 효과적으로 전달하고자 할 때, 개성이 드러난 독특한 소재라야 눈에 들어온다. 자신만의 개성적이고 독특한 언어로 참신하게 표현할 때 감동이 있고 힘이 있다.

조이인형 시인은 욕심이 없다. 그저 자신의 마음을 나누고 싶은 것이다. 보름달처럼 세상에 밝은 빛을 주고픈 것이다.

욕심도, 꿈도, 희망도
모두 내려놓고 가자 하네요
늦가을 길가에 홀로 핀
장미꽃을 보세요

외로움이 그리움으로 바뀌고
곧 서리가 내릴까 두려워
서글퍼하네요

그럼에도 불구하고
미소를 잃지 않으며
사랑을 속삭입니다

머나먼 태평양을
건너는 철새처럼
어렵고 고단한 삶일지라도
모두 비워요 비우면
가는 길이 가벼워져요
– 시 「다 비우니 가벼워라」 전문

시인의 삶은 미움, 그리움, 가난과 부유도 모두 버리고 바람 따라 흘러가는 욕심 없는 삶을 살고 싶어한다. 그래서 시인은 욕심 없이 바람 따라 흘러가는 삶을 사랑이라고 말한다. 끝으로 본인의 소박한 꿈을 담은 시 한 편을 감상해 보고자 한다.

앙상한 겨울나무
멈춰 있는 시계처럼
바위 사이 외로운 석송
햇볕이 찾아 든다

석송에게 봄이 오려나
봄이 찾아오면 좋겠지
따뜻한 봄이 온다면

한 번쯤 비둘기처럼
날개를 달고
산봉우리에 우뚝 솟은
바위에 앉아보고 싶단다
- 시 「석송의 꿈」 전문

석송(石松)은 조이인형 시인의 아호(雅號)다. 한겨울의 바위 사이에서 자라나는 외로운 존재로서의 시인에게 찾아든 햇볕은 어쩌면 시인의 길을 걷는 글쓰기가 아닌가 한다. 외롭고 힘겨웠던 석송에게 찾아온 봄은 어쩌면 시를 쓰는 행복이리라.

이상에서 살펴본 것처럼 조이인형 시인의 시와 시조는 '사랑과 행복을 담은 인고(忍苦)의 인간학'이라고 할 수 있다.

이제 시인의 사랑과 소망을 담은 다섯 번째 시집 『가슴에 내리는 따뜻한 단비』를 출간한다. 그의 행복을 알리는 비둘기처럼 날개를 달고 산봉우리에 우뚝 솟은 바위에 평안히 앉아볼 수 있으리라. 그의 아름다운 꿈을 성취하는 순간이리라. 그 때문일까? 그의 시는 눈길 주지 않는 먼 곳에서 '빨간 꽃'으로 피었다.

거듭 말하지만, 꽃이 피어날 때 그냥 피는 것은 결코 아니다. 그의 말처럼 누군가를 사랑하기 때문이다. 자신의 모습을 예쁘게 보여 자신을 알리고 싶은 몸부림인 것이다. 어떤 것은 하얗게, 어떤 것은 노랗게, 또 어떤 것은 빨갛게 피어난다. 시인 본인의 말을 빌리면 빨갛게 피어나고 싶어 한다.

조이인형 시인은 오늘도 시의 꽃을 피우고 있다. 그리고 누군가를 기다리고 있다.

이제 독자들의 손길이 필요할 뿐이다. 그의 '사랑과 행복에 관한 따스한 인간학'을 꼭 만나보길 권한다.

MEMO

■ 글벗시선 224 조이인형 다섯 번째 시와 시조집

가슴에 내리는
따뜻한 단비

인 쇄 일 2025년 4월 21일
발 행 일 2025년 4월 21일
지 은 이 조 인 형
펴 낸 이 한 주 희
편집주간 최 봉 희
펴 낸 곳 도서출판 글벗
출판등록 2007. 10. 29(제406-2007-100호)
주   소 경기도 파주시 와석순환로 16,(야당동)
　　　　　　 롯데캐슬파크타운 905동 1104호
홈페이지 http://cafe.daum.net/geulbutsarang
E-mail pajuhumanbook@hanmail.net
전화번호 010-2442-1466
팩   스 031-957-7319
가   격 12,000원
I S B N 978-89-6533-295-4 04810

* 잘못된 책은 바꿔 드립니다.